不可不读的红色经典

红烛赞歌

闻一多/著

红烛
赞歌

图书在版编目（CIP）数据

红烛赞歌 / 闻一多著 . -- 乌鲁木齐：新疆青少年出版社，2023.12
（不可不读的红色经典）
ISBN 978-7-5590-7299-3

Ⅰ.①红… Ⅱ.①闻… Ⅲ.①诗集－中国－现代②散文集－中国－现代 Ⅳ.①I216.2

中国国家版本馆 CIP 数据核字 (2023) 第 235158 号

不可不读的红色经典
红烛赞歌
HONGZHU ZANGE

闻一多 / 著

出 版 人：徐 江	策 划：许国萍
责任编辑：刘 露	助理编辑：胡伟伟
装帧设计：舒 春	美术编辑：邓志平
法律顾问：王冠华 18699089007	

出版发行：新疆青少年出版社有限公司
地　　址：乌鲁木齐市北京北路 29 号（邮编：830012）
网　　址：http://www.qingshao.net
经　　销：全国新华书店
印　　制：河北环京美印刷有限公司

开 本：710mm×1000mm 1/16	版 次：2023 年 12 月第 1 版
印 张：5.25	印 次：2023 年 12 月第 1 次印刷
字 数：45 千字	书 号：ISBN 978-7-5590-7299-3
定 价：21.00 元	

制售盗版必究　举报查实奖励：0991-6239216　　版权保护办公室举报电话：0991-6239216
服务电话：010-58235012　010-84853493　　如有印刷装订质量问题 印刷厂负责调换

前言
PREFACE

人是要有点精神的。在追逐中华民族伟大复兴中国梦的道路上，我们究竟需要怎样的精神？在中华民族的繁衍发展中，我们究竟应该传承什么样的精神？一个民族总得有属于他自己的精神气质。这固然可以从中华民族漫长的历史中找寻答案，但中国共产党的百年奋斗史，以及中国共产党带领中华民族拼搏崛起的过程，无疑，更是我们既能触手可及，又能观照当下的现当代史，而这当中无数志士先烈不正是中华民族五千多年上下求索的精神体现，不正是中华民族维系千秋万代不绝赓续的精神血脉吗？

案头上正待出版的《先烈家书》《红烛赞歌》两部书稿让我不住思考。《先烈家书》汇集了邓中夏、赵一曼、王若飞、江竹筠、吉鸿昌等为我们耳熟能详的革命先烈的家书，也汇集了如黄竞西、何秉彝、王传馥、金方昌等并不为我们熟知的革命先驱的家书，而《红烛赞歌》则是闻一多先生关于家国情怀的诗文选编。

正是这些书稿，又让我想起当年大学老师何怀宏先生。何怀宏先生曾经有感于当代人信仰的缺失，感慨道，中国少有为一个问题而赴死的人。是的，能为一个问题而赴死，这是需要巨大勇气的，没有信仰的力量支撑决难实现。然而，在那个内乱不已，强敌入侵，山河

前言

破碎，民不聊生，中华民族已经到了最危险的时候，却有无数中华民族的优秀儿女慨然赴死、前赴后继！那么，支撑着苦难岁月里血雨腥风中的这些中华儿女的究竟是什么？他们又因什么而赴死？是为国仇家恨？是为反暴政求民主？还是为民族振兴解放，国家富强，人民幸福？是，都是。但这背后传递着的无不是人的价值这一核心理念，尤其当这些原本纯粹私人的信件坦陈于世人时，问题的答案更是一目了然——当个人的价值追求与国家民族的利益融为一体时，这就必然成为支撑一个人勇于赴死最大的力量！这是情怀，这是信仰！而这将个人价值置于国家民族的利益之中的家国情怀、理想信念，在时下，不也正是我们急需的最可宝贵的财富吗？我想，这些家书以现在这样的方式呈现给读者，既是对先烈"德不孤"的一种回应，也是在对我们已经流失或是正在流失的情怀、精神、理想、信念的一种召回。

你看，16岁的朱振汉给母亲的遗书中写道："你儿子的死，是光荣的，为了全中国的人民解放而死是最有价值的……"

牺牲于新疆的林基路在他17岁给父亲的信中写道："何不生我为蠢笨之豕儿，而偏生我为万物之灵之人类？何不生我为俗世蠢子，而偏赋我满腔热血，一场壮志？……"

同样一封写于17岁的信，是韩子重写给父亲的："父亲，请你把你的孩子愉快地献给国家、民族、社会吧。父亲，你知道的，这样的对你孩子的爱护，才是真的爱护。这是给我一个灵魂的解放……"

18岁的刘国鋕在家信中写道："……要变成抗毒体，先得把自身遗传得来的和传染来的毒质除去。把自私虚荣、狭隘、胆小、无恒心、无毅力等短处除去，把原有的人性（同情、正义感、勇敢、努力等）发挥，同时增加自己的抗毒的能力。……没有对旧事物憎恨的热情，也就没有对新事物爱的热情，也就不会有顽强地奋斗的勇气。……"

你能不有所感慨吗，这些年龄不及20岁的青年人，他们何曾只有青春与冲动，在那些文字中不一样充满着厚重的情怀与早慧的理性？

再让我们看看那些已过青葱岁月并不年轻，且上有高堂下有稚子的志士们是如何将自己的信仰追求与家庭家人乃至国家民族的利益融为一体的——

29岁的江竹筠在遗书中这样托付："……云儿就送你了。盼教以踏着父母之足迹，以建设新中国为志，为共产主义革命事业奋斗到底……"

30岁的黄竞西在给妻儿的留言中说道："……我为党牺牲，有无上光荣……"

33岁的向警予给父亲的信中说道："……总要不辱你老这块肉与这滴血，而且这块肉这滴血还要在世界上放一个特别光明……"

王若飞在37岁被拘押于国民党反动派监狱时，给家人的书信却传递着这样的呐喊："……念国难之日急，恨己身之蹉跎……"

如果说四十不惑可以当作世事洞明人生练达的年龄标志，那么，那些理应已经具有成熟心志的先烈们却在告诉我们：

"……我要救中国最大多数的劳苦群众……"（俞秀松，时年40岁）

"……夫今死矣！是为时代而牺牲……"（吉鸿昌，时年39岁）

"……生是为中国，死是为中国……"（刘伯坚，时年40岁）

"……活的人要真活，不要活着还不如死……"（何叔衡，中国共

前言

产党的早期领导人，时年 53 岁）

闻一多先生最后的时光是在与国民党反动派不屈不挠的斗争中度过的，那年他也 47 岁了。让我们再感受一下诗人那澎湃的家国天下之情吧——

"斗士的血不是白流的。反动派，你看见一个倒了，可也看得见千百个继起的人？"

"我们不怕死，我们有牺牲的精神，我们随时像李先生（公朴）一样，前脚跨出大门，后脚就不准备再跨进大门！"

"我们有这个信心：人民的力量是要胜利的，真理是永远存在的，历史上没有一个反人民的势力不被人民毁灭的！"

风雨如晦，鸡鸣不已。无论如何的阴晦，雄鸡不已的鸣啼已经成了对黎明前黑暗终结的奏唱，成了对同族同胞不屈于压迫不甘于沉沦的精神的唤醒。

这是一套充溢着家国情怀的书，这是一套高扬着精神信仰的书，这是一套满布着理性智慧的书，这也是一套回应现实感召时下具有思想引领意义的书。

是为序。

徐 江 于癸卯大雪

第一章 | 散文 / 杂文 / 文艺评论

武汉大学纪念孙总理奉安典礼祭文 / 002

青　岛 / 003

五四历史座谈 / 006

组织民众与保卫大西南 / 009

在鲁迅逝世八周年纪念会上的讲话 / 014

给西南联大的从军回校同学讲话 / 016

"一二·一"运动始末记 / 021

为李公朴死难题词 / 025

最后一次讲演 / 026

愈战愈强 / 030

人民的世纪 / 034

文艺与爱国 / 037

字与画 / 040

目录

第二章 | 诗歌

红　烛 / 046

青　春 / 049

春之首章 / 050

春之末章 / 052

火　柴 / 054

太阳吟 / 055

忆　菊 / 058

秋深了 / 062

稚　松 / 064

祈　祷 / 065

一句话 / 067

闻一多先生的书桌 / 068

七子之歌 / 070

先烈简介

闻一多（1899年11月24日-1946年7月15日），本名闻家骅，字友三，生于湖北浠水县巴河镇，中国现代诗人、学者、民盟盟员、民主战士。

1905年，进入绵葛轩小学读书。1912年，考入北京清华学校乙班。1914年6月，论文《名誉谈》发表。1919年2月，成为《清华学报》编辑。1920年，编成诗集《古瓦集》《真我集》。1923年3月16日，长诗《园内》写定；9月，出版第一本新诗集《红烛》。1924年6月，毕业于科罗拉多大学。1925年1月上旬，参与发起"中华戏剧改进社"；7月，组诗《七子之歌》发表；9月，被聘为北京美术专门学校筹备专员。1927年2月，担任武汉国民革命军政治部艺术股长。1928年1月，诗集《死水》出版。1932年8月，任清华大学国文系教授。1936年1月，论文《离骚解诂》发表。1943年，组织十一学会。1945年3月，联名发表昆明文化界《关于挽救当前危局的主张》。1946年7月15日，在悼念李公朴的大会上，斥责国民党暗杀李公朴的罪行，当日下午被国民党特务暗杀逝世，时年47岁。

2009年，闻一多被评为100位为新中国成立作出贡献的英雄模范人物之一。

红烛赞歌

第一章 Chapter 1

散文 / 杂文 / 文艺评论

红烛赞歌

武汉大学纪念孙总理奉安典礼祭文①

呜呼！神州陆沉，受制异族，民权不伸，民生弥蹙，厝火积薪，危机潜伏，众人熙熙，酣梦方熟。般维总理，先觉先知，四十年前，独抱忧危，结纳同志，密展宏规，光复故物，金瓯不亏。

国体共和，首崇让德，成功不居，退然拱默。咄哉叛夫，大盗移国，爰构厉阶，祸延南北。公谋建设，主义昭宣，建国方略，宪法五权。亿兆服膺，全体动员，催公北上，耆定坤乾。胡天不仁，沉疴遽染，扁鹊华佗，莫救斯险。壮志甫伸，荣光俄拚，载德垓埏，铭勋琬琰。

煌煌遗教，奉作宝书，和平统一，实践非虚，迁都金陵，力行其余，国民会议，苛约废除。遏密八音，倏焉三载，奉安钟山，兆域爽塏，坟对孝陵，徽扬寰海，举哀陈词，上诉真宰。滔滔江汉，载缵武功，辛亥首义，遐迩来同。学府既建，棫朴芃芃，敢献乐章，被之丝桐。尚飨。

---

① 原载 1929 年 6 月 10 日《国立武汉大学周刊》第 25 期所载《国立武汉大学纪念总理奉安典礼之联语及祭文》。

青岛 ①

海船快到胶州湾时，远远望见一点青，在万顷的巨涛中浮沉；在右边崂山无数柱奇挺的怪峰，会使你忽然想起多少神仙的故事。进湾，先看见小青岛，就是先前浮沉在巨浪中的青点，离它几里远就是山东半岛最东的半岛——青岛。簇新的、整齐的楼屋，一座一座立在小小山坡上，笔直的柏油路伸展在两行梧桐树的中间，起伏在山冈上如一条蛇。谁信这个现成的海市蜃楼、一百年前还是个荒岛？

当春天，街市上和山野间密集的树叶，遮蔽着岛上所有的住屋，向着大海碧绿的波浪，岛上起伏的青梢也是一片海浪，浪下有似海底下神人所住的仙宫。但是在榆树丛荫，还埋着十多年前德国人坚伟的炮台，深长的甬道里你还可以看见那些地下室，那些被毁的大炮飞机，和墙壁上血涂的手迹。——欧战时这儿剩有五百德国兵丁和日本争夺我们的小岛，德国人败了，日本的太阳旗曾经一时招展全市，但不久又归还了我们。在青岛，有的是一片绿林下的仙宫和海水泱泱的高歌，不许人

---

① 原载徐蔚南主编、1936 年 9 月上海大众书局出版的《古今名文八百篇》第 1 册。

想到地下还藏着十多间可怕的暗窟，如今全毁了。

　　堤岸上种植无数株梧桐，那儿可以坐憩，在晚上凭栏望见海湾里千万只帆船的桅杆，远近一盏盏明灭的红绿灯飘在浮标上，那是海上的星辰。沿海岸处有许多伸长的山角，黄昏时潮水一卷一卷来，在沙滩上飞转，溅起白浪花，又退回去，不厌倦地呼啸。天空中海鸥逐向渔舟飞，有时间在海水中的大岩石上，听那巨浪撞击着岩石激起一两丈高的水花。那儿再有伸出海面的栈桥，去站着望天上的云，海天的云彩永远是清澄无比的，夕阳快下山，西边浮起几道鲜丽耀眼的光，在别处你永远看不见的。

　　过清明节以后，从长期的海雾中带回了春色，公园里先是迎春花和连翘，成篱的雪柳，还有好像白亮灯的玉兰，软风一吹来就憩了。四月中旬，奇丽的日本樱花开得像天河，十里长的两行樱花，蜿蜒在山道上，你在树下走，一举首只见樱花绣成的云天。樱花落了，地下铺好一条花蹊。接着海棠花又点亮了，还有蹒跚在山坡下的"山踯躅"，丁香，红端木，天天在染织这一大张地毡；往山后深林里走去，每天你会寻见一条新路，每一条小路中不知是谁创制的天地。

　　到夏季来，青岛几乎是天堂了。双驾马车载人到汇泉浴场去，男的女的中国人和十方的异客，戴了阔边大帽，海边沙滩上，人像小鱼一般，曝露在日光下，怀抱中是薰人的咸风。沙滩边许多小小的木屋，屋外搭着伞篷，人全仰天躺在沙上，有的下海去游泳，踩水浪，孩子们光着身在海滨拾贝壳。街路上满是烂醉的外国水手，一路上胡唱。

但是等秋风吹起，满岛又回复了它的沉默，少有人行走，只在雾天里听见一种怪木牛的叫声，人说木牛躲在海角下，谁都不知道在哪儿。

五四历史座谈①

时间——三十三年五月三日晚

地点——联大新舍南区十号教室

刚才周炳琳先生报告了五四时候北大的情形，五四运动的中心是在北大，而清华是在城外，五三那天的会不能够去参加。（记者按：周炳琳先生方才说到五三晚上北大学生集会于北大第三院大礼堂，决定次日的游行示威。）至于后来的街头演讲，清华倒干得很起劲，一千多人被关起来，其中有许多是清华的。我那时候呢？也是因为喜欢弄弄文墨，而在清华学生会里当文书。我想起那时候的一件呆事，也是表示我文人的积习竟有这样深：五四的消息传到了清华，五五早起，清华的食堂门口出现了一张岳飞的《满江红》，就是我在夜里偷偷地去贴的。所以我今天看了许多同学的壁报，觉得我那时候贴的东西真太不如今天你们的壁报了。我一直在学校里管文件，没有到城里参加演讲，除了有一次是特殊的之外。

① 原载《大路》第5期。

散文 / 杂文 / 文艺评论

那年暑假到上海开学生总会,周先生(炳琳)代表北大,我代表清华到上海听过中山先生的演讲,我的记忆极坏,此外没有甚么事实可以报告,只知道当时的情绪,就像我的贴《满江红》吧!

方才张先生说五四是思想革命是正中下怀,(记者按:张奚若先生说道:"辛亥革命是形式上的革命,五四则是思想革命。")但是你们现在好像是在审判我,因为我是在被革的系——中文系里面的。但是我要和你们里应外合!张先生说现在精神解放已走入歧途,我认为还是太客气的说法,实在是整个都走回去了!是开倒车了!现在有些人学会了新名词,拿他来解释旧的,说外国人有的东西我国老早就都有啦!

我为什么教中国文学系呢?五四时代我受到的思想影响是爱国的,民主的,觉得我们中国人应该如何团结起来救国。五四以后不久,我出洋,还是关心国事,提倡Nationalism,不过那是感情上的,我并不懂得政治,也不懂得三民主义。我在外国所学的本来不是文学,但因为这种Nationalism的思想而注意中文,忽略了功课,为的是使中国好,并且我父亲是一个秀才,从小我就受诗云子曰的影响。我是幼稚的,青年人也都是幼稚的,重感情的,但是青年人的幼稚病，有时并不是可耻的，尤其是在一个启蒙的时期，幼稚是感情的先导，感情一冲动，才能发出力量。所以有人怕他们矫枉过正，我却觉得更要矫枉过正，因为矫枉过正才显得有力量。

组织民众与保卫大西南[①]

民国三十三年昆明各界双十节纪念大会演讲词

诸位！我们抗战了七年多，到今天所得的是什么？眼看见盟国都在反攻，我们还在溃退，人家在收复失地，我们还在继续失地。虽然如此，我们还不警惕，还不悔过，反而涎着脸皮跟盟友说："谁叫你们早不帮我们，弄到今天这地步！"那意思仿佛是说："现在是轮着你要胜利了，我偏败给你瞧瞧！"这种无赖的流氓意识的表现，究竟是给谁开玩笑！溃退和失地是真不能避免的吗？不是有几十万吃得顶饱，斗志顶旺的大军，被另外几十万喂得也顶好，装备得顶精的大军监视着吗？这监视和被监视的力量，为什么让他们冻结在那里？不拿来保卫国土，抵抗敌人？原来打了七年仗，牺牲了几千万人民的生命，数万万人民的财产，只是陪着你们少数人闹意气的？又是给谁开的玩笑！几个月的工夫，郑州失了，洛阳失了，长沙失了，衡阳失了，现在桂林又危在旦夕，柳州也将不保，整个抗战最后的根据地——大西南受着威胁，如今谁又能保证敌人早晚不进攻贵阳、昆明，甚至重庆？到那时，我们的军队怎样？

[①] 原载 1944 年 10 月 22 日昆明《真报·评论周刊》第 16 期。

还是监视的监视，被监视的被监视吗？到那时我们的人民又将怎样，准备乖乖地当顺民吗？还是撒开腿逃？又逃到哪里去？逃出去了又怎么办？诸位啊！想想，这都是你们自己的事啊！国家是人人自己的国家，身家性命是人人自己的身家性命，自己的事为什么要让旁人摆布，自己还装聋作哑！谁敢掐住你们的脖子！谁有资格不许你们讲话！用人民的血汗养的军队，为什么不拿出来为人民抵抗敌人？以人民的子弟组成的队伍，为什么不放他们来保卫人民自己的家乡？我们要抗议！我们要叫喊！我们要愤怒！我们的第一个呼声是：拿出国家的实力来保卫大西南，这抗战的最后根据地的大西南！

但是，今天站在人民的立场，我们一方面固然应当向政府及全国呼吁，另一方面我们也得认清我们人民自身的责任与力量。对于保卫大西南，老实说，政府的决心是一回事，他的能力又是一回事。郑州、洛阳、长沙、衡阳的往事太叫我们痛心了，保卫国土最后的力量恐怕还在我们人民自己的身上。一切都有靠不住的时候，最可靠的还是我们人民自己。而我们自己的力量，你晓得吗？如果善于发挥，善于利用，是不可想象的强大呀！今天每一个中国人，以他人民的身份，对于他自己所在的每一块国土，都应尽其保卫的责任，也尽有保卫的方法。我们这些在昆明的人，无论本省的或外来的，对于我们此刻所在的

第一章

散文 / 杂文 / 文艺评论

这块国土——昆明市，在万一它遭受进攻时，自然也应善用我们自己的方法来尽我们自己的责任。诸位，昆明在抗战中的重要性，不用我讲，保卫昆明即所以保卫云南，保卫云南即所以保卫大西南，保卫大西南即所以保卫中国，不是吗？

在今天的局势下，关于昆明的前途，大概有三种看法，每种看法代表一种可能性。第一种是敌人不来，第二种是来了被我们打退，第三种是不幸我们败了，退出昆明。第一种，客观上即会有多少可能性，我们也不应该作那打算，果然那样，老实说，那你就太没有出息了！我们应该用奋发的心情准备迎接敌人的进攻，并且立志把他打退，万一不能，也要逼他付出相当代价，再作有计划的，有秩序的荣誉的退却。然后走到敌后，展开游击战争，给敌人以经常的扰乱与破坏，一方面发动并组织民众，使他成为坚强的自卫力量，以便配合着游击军。等盟国发动反攻时，我们便以地下军的姿态，卷土重来，协同他们作战以至赶走敌人，完成我们的最后胜利。我们得准备前面所说的第二种，甚至干脆的就是第三种可能的局面，我们得准备迎接一个最黑暗的时期，然后从黑暗中，用我们自发的力量创造出光明来！这是一个梦，一个美梦。可是你如果不愿意实现这个梦，另外一个梦便在等着你，那是一个噩梦。噩梦中有两条路，一条是留在这里当顺民，准备受无穷的耻辱。一条是逃，但在还没有逃出昆明城郊时，就被水泄不通的混乱的人群、车马群挤死、踏死、辗死，即使逃出了城郊，恐怕走不到十里二十里就被盗匪戳死、打死，要不然十天半月内也要在途中病死、饿死。……衡阳和桂林撤退的惨痛故事，我们听够了，但昆明如有撤退的一天，那惨痛的程度，不知道还要几十倍几百倍于衡阳、桂林！诸位，你能担保那惨痛的命运不落到你自己头上来吗？噩梦中的两条路，一条是苟全性命来当顺民，那样可以说是一种"不自由的生"，另一条是因不当顺民就当难民，那样又可说是一种"自由的死"。但是，诸位试想为什么必得是：要不死便得不自由，要自由就得死？自由和生难道是宿命的仇敌吗？为什么我们不能有"自由的生"！是呀！到"自由的生"的路就是我方才讲的那个美梦啊！敌人可能给我们选择的是不自由和死，假如我们偏要自由和生，我们便得到了自由的生，这便叫作"置之死地而后生"。

　　诸位，记住我们人民始终是要抗战到底的，万一敌人进攻，万一少数人为争夺权利闹意气而不肯把实力拿出来抵抗敌人，我们也有我们的办法。不要害怕，不管人家怎样，我们人民自始至终是有决心的，而有决心自然会有办法的。还要记住昆明在国际间"民主堡垒"的美誉，我们从今更要努力发扬民主自由的精神。哪一天我们的美梦完成了，我们从黑暗中造出光明来了，到那时中国才真不愧四强之一。强在哪里？强在我们人民，强在我们人民呀！今天政府不给人民自由，是他不要人民，等到那一天，我们人民能以自力更生的方式强起来了，他自然会要我们的。那时我们可以骄傲地对他说："我们可以不靠你，你是要靠我们的呀！"那便是真正的民主！我们今天要争民主，我们便当赶紧组织起来，按照实现那个美梦的目标组织起来，因为这组织工作的本身便是民主，有了这个基础，我们便更有资格，更有力量来争取更普遍的、完整的和永久的民主政治。

> 红烛赞歌

在鲁迅逝世八周年纪念会上的讲话[①]

有些人死去，尽管闹得十分排场，过了没有几天，就悄悄地随着时间一道消逝了，很快被人遗忘了。有的人死去，尽管生前受到很不公平的待遇，但时间越过得久，形象却越加光辉，他的声名却越来越伟大。我想，我们大家都会同意，鲁迅是经受得住时间考验的一位光辉伟大的人物。因为他对中华民族的文化事业留下了宝贵的遗产。他是中国历史上最伟大的文学家。

鲁迅生前所处的环境异常危险，他是一个被"通缉"的"罪犯"！但是他无所畏惧，本着有一分热，发一分光的精神，他勇敢、坚决地做他自己认为应做的事，在文化战线上打着大旗冲锋陷阵，难怪有的人为什么那么恨他！

鲁迅在日本留学，住在十里洋场的上海，他和洋人，和大官打过不少交道。但他对帝国主义，对买办大亨，对当权人物，没有丝毫的奴颜媚骨，宁可流亡受苦，也不妥协。鲁迅之所以伟大，之所以能写出那么多伟大的作品，和他这种高尚的人格

[①] 录自王康著、湖北人民出版社 1979 年 5 月出版的《闻一多传》。王康记录整理。

是分不开的，学习鲁迅，我想先得学习他这种高尚的人格。

有人不喜欢鲁迅，也不让别人喜欢，因为嫌他说话讨厌，所以不准提到鲁迅的名字。也有人不喜欢鲁迅，倒愿意常常提到鲁迅的名字，是为了骂骂鲁迅。因为，据说当时一旦鲁迅回骂就可以出名。现在，也可以对某些人表明自己的"忠诚"。前者可谓之反动，后者只好叫做无耻了。其实，反动和无耻本来也是分不开的。

除了这样两种人，也还有一种自命清高的人，就像我自己这样的一批人。从前我们住在北平，我们有一些自称"京派"的学者先生，看不起鲁迅，说他是"海派"。就是没有跟着骂的人，反正也是不把"海派"放在眼上的。现在我向鲁迅忏悔：鲁迅对，我们错了！当鲁迅受苦受害的时候，我们都正在享福，当时我们如果都有鲁迅那样的骨头，哪怕只有一点，中国也不至于这样了。

骂过鲁迅或者看不起鲁迅的人，应该好好想想，我们自命清高，实际上是做了帮闲帮凶！如今，把国家弄到这步田地，实在感到痛心！现在，不是又有人在说什么闻××在搞政治了，在和搞政治的人来往啦，以为这样就能把人吓住，不敢搞了，不敢来往了。可是时代不同了，我们有了鲁迅这样的好榜样，还怕什么？纪念鲁迅，我想应该正是这样。

给西南联大的
从军回校同学讲话[①]

　　我也是参加校务会议的一分子，但我所讲的只代表我个人。关于治标治本的问题，刚才查先生、冯先生说得很清楚，很详细。我也替大家感到很高兴。不过我想，大家是去从军，而不是去治标。这些治标的对象是我们造出来的，所谓"天下本无事，庸人自扰之"。自缚自解只是绕圈子而已。但是这种治标，不是我们从军的目的，从军的目的就是治本。假使不抱治本的目的去从军，则我们还配得上做一个知识分子么？谈到知识分子，我们总以知识分子自夸，觉得很骄傲，很光荣。这，与其说是光荣，不如说是耻辱。由于知识分子少，固然显得宝贵，显得身价高。因此我们的地位之尊贵是由和一般没知识的大众相形之下而成的。所以我们个人之光荣，是以国家之不光荣换得来的。我听到很多从军同学回来诉说在印所受的污辱。如有一个盟军俱乐部，英国、美国、法国……连印度人也准进去，独不准中国人进去，因为他们认为我们是"China man"，不管你知识分子不知识分子。可见你们个人在国内，

[①] 原载开明书店 1948 年《闻一多全集》。

可以很神气，而在国外，人家就不管你什么东西了。所以国内不改善，在外人看来，你们只是一样的中国人！把这些经历，反省反省，认得清清楚楚，就不会白去了。

我们去从军，受那些连长、排长，那些老粗的虐待，或是过分的恭维，也还是如刀割般苦痛的。我们可以骂他们："正是你们丢了我们的脸，使我们受外国人的罪！"大家想想，为什么他们这样？想一想吧，这原是我们的责任！抗战以来，感到军队里知识分子太少，都希望赶快让知识青年去从军，借此机会改善军队。但是为什么到今日才晓得要找知识青年？根本我们的打仗就不想要知识青年来打的！本来，战争之发动就是用农民壮丁来干，农民去送死，我们去建国。这说来好听，根本当时的军队就没有组织，没有计划。送死，由他们去！以前卖命由他们去，现在就轮到他们管你们了！当初，苦事让人家干，现在因他们而丢脸，我们是不应该把他们当作敌人来仇恨他们或可怜他们，这是错的！这是整个社会制度表现出来的现象。当初他们入伍时候，是没有知识就拉过来的，等到入伍后，也从未教一点知识给他们。相反的倒是让他们身体没闲，或者宁愿他们睡死、病死，却千万不要让他们的脑筋清醒，不让他们有知识。

统治者只要奴才去打仗，不要知识分子去打仗！好像现在要打内战啦,你们肯干吗?所以他们当初一时妙想天开,想找些知识分子去从军。他们一则糊涂,一则聪明。聪明的是这么一来,他们只把你们当一般壮丁一样训练。你们受得了就来,受不来就活不了。他们要把你们壮丁化,麻醉你们;麻醉得越多越好,奴化得越多越好。所以,人家是聪明的,我们就不能太笨了!现在我们可以反省一下,到底是怎样一回事?想对了,也还不愧为一个知识分子。上了当就要变乖。要知道绝不是几个知识分子抱着空中楼阁的理想,老是想从事改良改良,这么天真就办得到的。但是我们的思想就是我们的武器!只要我们是人,有人格,这人格的尊严就是我们的武器!千万不要自己欺骗自己。做知识分子就要做一个真的知识分子!不是普通的技术青年而要做个智慧的青年!千万不要因为人家多给你们几个钱的待遇就了事,要从大处看!

今早,有一个从军同学给一首诗我看。好诗,但写得我不同意。他说印度人怎的没希望了。是人就有希望,只要我们团结和醒觉!除非我们是苍蝇,是臭虫,……打了八年仗,八年前和八年后的苍蝇都是一样的,是人就变了,受了这么多的苦是会变的!尽管受尽压迫和痛苦,终有一天是印度人的世界,而不是英国人的世界。印度有希望,何况我们中国!

还有一点,以为只有知识分子,才有办法,别人一概不成。这种想法是错的。不要以为有了知识分子就有力量，真正的力量在人民。我们应该把自己的知识配合他们的力量。没有知识是不成的，但是知识不配合人民的力量，绝无用处！我们知识分子常常夸大，以为很了不起，却没想到人民一醒觉，一发动起来，真正的力量就在他们身上。一班人活不好，吃不好，联大再好，也没有用的。我们是知识分子，应有我们的天职。我们享受好，义务也多，我们要努力。但以为自己努力就成了，就根本错！刚才那位写诗的同学说：印度人像没有生命似的，这才厉害。只有我们知识分子才怕死，人家不知死，混混沌沌地把生命分得不清楚，一旦把他们号召起来，还得了！武器在我们手里时，就觉得这是不好玩的，要人命的东西；在他们手里，干起来就拼！因为真正的力量在人民，所以越压迫，越吃苦，报复起来就越厉害！因此我希望诸位无论干哪种工作，不要以为自己是大学生。这不该看成普通的谦虚，一种做人的手段；因为我们确实不如他们。不但口里说，而且心里也硬是要想：我们是不如他们的。我们的知识是一种脏物，是牺牲了大多数人的幸福而得来的。可是知识救不了我们；他们那些人敢说敢做，假如真要和我们拼起来，我们只有怕，没有办法！所以，问题就在他们要拼不要拼的问题；如果要，那我们就完了！

红烛赞歌

只有在一个合理的社会里,在一个没有人剥削人、人食人的社会里,知识才是一个武器,知识在一个合理的社会里才有大用;不然,是不中用的。所以,我希望各位能较抽象、较远大、较傻劲地看去。我所以说是傻,因为许多人都以他们的经验,说我们这样做是幼稚,是傻。其实我们的经验越多,只越教我们怯懦而已。现在,在军队里,可惜不是你们做主;但假如我们是和人民在一起,我们就有希望了。

第一章
Chapter 1

散文 / 杂文 / 文艺评论

"一二·一"运动始末记[①]

  自从民国三十三年双十节，昆明各界举行纪念大会，发表国是宣言，提出积极的政治主张。这里的学生，配合着文化界、妇女界、职业界的青年，便开始团结起来，展开热烈的民主运动，不断地喊出全国人民最迫切的要求。各大中学师生关于民主政治无数次的讲演、讨论和各种文艺活动的集会，各界人士许多次对国是的宣言，以及三十三年护国纪念，三十四年五四纪念的两次大游行，这些活动，和其他后方各大城市的沉默，恰好形成一个鲜明的对照。但在这沉默中，谁知道他们对昆明，尤其昆明的学生，怀抱着多少欣羡，寄托着多少期望！

  三十四年八月，日本还没投降，全国欢欣鼓舞，以为八年来重重的苦难，从此结束。但是不出两月，在十月三日，云南省政府突然改组，驻军发生冲突，使无辜的市民饱受惊扰，而且遭遇到并不比一次敌机的空袭更少的死亡。昆明市民的喘息未定，接着全国各地便展开了大规模的内战。人人怀着一颗沉重的心，瞪视着这民族自杀的现象。昆明，被人家欣羡和期

[①] 本篇是闻一多为"一二·一"四烈士所撰碑文，镌刻在昆明四烈士墓前两根石柱地基座上。

望的昆明，怎么办呢？是的，暴风雨是要来的，昆明再不能等了，于是十一月二十五日晚，国立西南联合大学、国立云南大学、私立中法大学和省立英语专修学校等四校学生自治会，在西南联大新校舍草坪上，召开了反对内战、呼吁和平的座谈会，到会者五千余人。似乎反动者也不肯迟疑，在教授们的讲演声中，全场四周，企图威胁到会群众和扰乱会场秩序的机关枪、冲锋枪、小钢炮一齐响了，散会之后，交通又被断绝，数千人在深夜的寒风中踯躅着，抖擞着。昆明愤怒了。

翌日，全市各校学生，在市民普遍的同情与支持之下，相率罢课，表示抗议。并要求当局查办包围学校开枪的军队，撤销事前号称地方党政军联席会议所颁布的禁止集会游行的非法禁令。当局对学生们这些要求的答复是什么呢？除种种造谣和企图破坏学校团结的所谓"反罢课委员会"的卑劣阴谋外，便是十一月三十日，特务们的棍子、石头、手枪、刺刀，对全市学生罢课联合委员会宣传队的沿街追打。然而这只是他们进攻的序幕。十二月一日，从上午九时到下午四时，大批的特务和身着制服、佩带符号的军人，携带武器，分批闯入云南大学、中法大学、联大工学院、师范学院、联大附中等五处，捣毁校具，劫掠财物，殴打师生。同时在联大新校舍门前，暴徒们于攻打校门之际，投掷手榴弹一枚，结果南菁中学教员于再先生中弹重伤，当晚十时二十分，在云大医院逝世。同时在联大师范学院，正当铁棍、石头飞舞之中，大批学生已经负伤倒地，又飞来三颗手榴弹，中弹重伤的联大学生李鲁连君，仅只奄奄一息了，又在送往医院的途中，被暴徒拦住，惨遭毒打，遂至登时气绝。奋勇救护受伤同学的联大学生潘琰小姐，已经胸部被手榴弹炸伤，手指被弹片削掉，倒地后，胸部又被猛戳三刀，便于当日下午五时半在云大医院的病榻上，喊着"同学们团结呀！"与世长辞了。昆华工校学生张华昌君，闻变赶来救援联大同学，头部被弹片炸破，左耳满盛着血液，红色上浮着白色的脑浆，这条仅只十七岁的生命，绵延到当日下午五时在甘美医院也结束了。此外联大学生缪祥烈君，左腿骨炸断，后来医治无效，只好割去，变成残废。总计各校学生重伤者十一人，轻伤者十四人，联大教授也有多人痛遭殴辱。各处暴徒从肇事逞凶时起，到任务完成后，高呼口号，扬长过市时止，始终未受到任何军警的干涉。

　　这就是昆明学生的民主运动，和它的最高潮"一二·一"惨案的概略。

　　"一二·一"是中华民国建国以来最黑暗的一天，也就在这一天，死难四烈士的血给中华民族打开了一条生路。从这一天起，在整整一个月中，作为四烈士灵堂的联大图书馆，几乎每日都挤满了成千成万、扶老携幼的致敬的市民，有的甚至从近郊几十里外赶来朝拜烈士们的遗骸。从这天起，全国各地，乃至海外，通过物质的或精神的种种不同的形式，不断地寄来了人间最深厚的同情和最崇高的敬礼。在这些日子里，昆明成了全国民主运动的心脏，从这里吸收着也输送着愤怒的热血的狂潮。从此全国的反内战、争民主的运动，更加热烈地展开，终于在南北各地一连串的血案当中，促成了停止内战，协商团结的新局面。

愿四烈士的血是给新中国的历史写下了最初的一页，愿它已经给民主的中国奠定了永久的基石！如果愿望不能立即实现的话，那么，就让未死的战士们踏着四烈士的血迹，再继续前进，并且不惜汇成更巨大的血流，直至在它面前，每一个糊涂的人都清醒起来，每一个怯懦的人都勇敢起来，每一个疲乏的人都振作起来，而每一个反动者战栗地倒下去！

四烈士的血不会是白流的。

为李公朴死难题词[①]

斗士的血不是白流的。反动派,你看见一个倒了,可也看得见千百个继起的人?

[①] 原载 1946 年 7 月 14 日昆明《民主周刊》第 3 卷第 18 期《愤怒的诔词》。

红烛赞歌

最后一次讲演①

这几天，大家晓得，在昆明出现了历史上最卑劣，最无耻的事情！李先生究竟犯了什么罪？竟遭此毒手，他只不过用笔写写文章，用嘴说说话，而他所写的，所说的，都无非是一个没有失掉良心的中国人的话！大家都有一支笔，有一张嘴，有什么理由拿出来讲啊！有事实拿出来说啊！为什么要打要杀，而且又不敢光明正大地来打来杀，而偷偷摸摸地来暗杀！（鼓掌）这成什么话？（鼓掌）

今天，这里有没有特务？你站出来，是好汉的站出来！你出来讲！凭什么要杀死李先生？（厉声，热烈的鼓掌）杀死了人，又不敢承认，还要诬蔑人，说什么"桃色案件"，说什么共产党杀共产党，无耻啊！无耻啊！（热烈的鼓掌）这是某集团的无耻，恰是李先生的光荣！李先生在昆明被暗杀，是李先生留给昆明的光荣！也是昆明人的光荣！

去年"一二·一"昆明青年学生为了反对内战，遭受屠

---

① 本篇是 1946 年 7 月 15 日上午闻一多在云南大学至公堂李公朴夫人张曼筠报告李先生死难经过大会上的讲演。原载 1946 年 8 月 2 日《民主周刊》第 3 卷第 19 期。

杀，那算是年青的一代，献出了他们的血，献出了他们最宝贵的生命！现在李先生为了争取民主和平，而遭受了反动派的暗杀，我们骄傲一点说，这算是像我这样大年纪的一代，我们的老战友，献出了最宝贵的生命。这两桩事发生在昆明，这算是昆明无限的光荣！（热烈的鼓掌）

反动派暗杀李先生的消息传出后，大家听了都摇头，我心里想，这些无耻的东西，不知他们是怎么想法？他们的心理是什么状态？他们的心是怎样长的？其实很简单，他们这样疯狂地来制造恐怖，正是他们自己在慌啊！在害怕啊！所以他们制造恐怖，其实是他们自己在恐怖啊！特务们，你们想想，你们还有几天，你们完了，快完了！你们以为打伤几个，杀死几个，就可以了事，就可以把人民吓倒了吗？其实广大的人民是打不尽的，杀不完的，要是这样可以的话，世界上早没有人了。你们杀死了一个李公朴，会有千百万个李公朴站起来！你们将失去千百万的人民！你们看着我们人少，没有力量。告诉你们，我们的力量大得很！多得很！看今天来的这些人，都是我们的人，都是我们的力量！此外还有广大的市民！我们有这个信心：人民的力量是要胜利的，真理是永远存在的，历史上没有一个反人民的势力不被人民毁灭的！希特勒，莫索里尼不都在人民之前倒下去了吗？翻开历史看看，你还站得住几天！

你完了，快完了！我们的光明就要出现了。我们看，光明就在我们的眼前，而现在正是黎明之前那个最黑暗的时候。我们有力量打破这个黑暗，争到光明！我们的光明，就是反动派的末日！（热烈的鼓掌）

反动派故意挑拨美苏的矛盾，想利用这矛盾来打内战。任你们怎么样挑拨，怎么样离间，美苏不一定打呀！现在四外长会议已经圆满闭幕了。这不是说美苏间已没有矛盾，但是可以让步，可以妥协。事情是曲折的，不是直线的。我们的新闻被封锁着，不知道美苏的开明舆论如何抬头，我们也看不见广大的美国人民的那种新的力量，在日益增长。但是，事实的反映，我们可以看出。

第一，现在司徒雷登出任美驻华大使，司徒雷登是中国人民的朋友，是教育家，他生长在中国，受的美国教育。他住在中国的时间比住在美国的时间长，他就如一个中国的留美生一样，从前在北平时，也常见面，他是一位和蔼可亲的老者，是真正知道中国人民的要求的。这不是说司徒雷登有三头六臂，能替中国人民解决一切，而是说美国人民的舆论抬头，美国才有这转变。

其次，反动派干得太不像样了，在四外长会议上，才不要中国做二十一国和平会议的召集人，这就是做点颜色给你看看，这也说明美国的支持是有限度的，人民的忍耐和国际的忍耐也是有限度的。

李先生的血，不会白流的。李先生赔上了这条性命，我们要换来一个代价。"一二·一"四烈士倒下了，年青的战士们的血，换来了政治协商会议的召开，现在李先生倒下了，他的血要换取政协会议的重开！（热烈的鼓掌）我们有这个信心！（鼓掌）

"一二·一"是昆明的光荣，是云南人民的光荣，云南有光荣的历史，远的如护国，这不用说了，近的如"一二·一"，都是属于云南人民的，我们要发扬云南光荣的历史！

反动派挑拨离间，卑鄙无耻，你们看见联大走了，学生放暑假了，便以为我们没有力量了吗？特务们！你们错了！你们看看今天到会的一千多青年，又握起手来了，我们昆明的青年决不会让你们这样横干下去的！

历史赋予昆明的任务是争取民主和平，我们昆明的青年必须完成这任务！

我们不怕死，我们有牺牲的精神，我们随时像李先生一样，前脚跨出大门，后脚就不准备再跨进大门！（长时间热烈的鼓掌）

红烛赞歌

愈战愈强[1]

回忆抗战初期，大家似乎不大讲到"胜利"，那时的心理与其说是胜败置之度外，还不如说是一心想着虽败犹荣。敌人是以"必定胜"的把握向我们侵略，我们是以"不怕败"的决心给他们抵抗。你无非是要我败，我偏偏不怕败，我不怕败，你便没有胜。那时人民的口号是"豁出去了！""跟你拼了！"政府的策略是"破釜沉舟"，是"置之死地而后生"，人民和政府都不怕败，自然大家也不讳败，结果是我们愈败愈奋勇，而敌人真把我们没办法。

武汉撤退以后，渐渐听到"争取胜利"的呼声，然而也就透露了怕败的顾虑了。

开罗会议以后，胜利俨然已经到了手似的，而一般现象，则正好表示着一些人的工作，是在"争取失败"。事实昭彰，凡是有眼睛的都看到了，有良心的都指出了，这里无需我再说，我也不忍再说，于是愈是趋向失败，愈是讳言失败，自己讳言失败，同时也禁止旁人言失败。是否表面上"失败"绝迹

---

[1] 原载1944年7月《生活导报》。

了，暗地里便愈好制造失败呢？抗战到了这地步，大概也是一种"置之死地而后生"的办法罢？好了，那我以老百姓的资格，也就"豁出去了！""跟你拼了！"

所以我今天想要算账！

算账是一件麻烦事，但不要紧，大的做大的算，小的做小的算，反正从今以后，我不打算有清闲日子了！

比如眼前在我们昆明，就有一笔不大不小的账值得算一算。

昨天早起出门找报看，第一家报纸给了我一个喜讯，它老老实实地告诉我，衡阳的仗咱们打好了一点，我当然很高兴。但是看到第二家报纸，却把我气昏了，就因为那标题中"我军愈战愈强"六个大字。

编辑先生！我是有名有姓的，我虽不知道你姓名，但你也必然有名有姓，你若是好汉，就请出来跟我算清这笔账！你所谓"愈战愈强"者，如果就是今天另一家报纸标题所谓"愈战愈奋"的意思，那我就原谅你，我可怜你中国人不大会处理中国文字。如果你那"强"字是什么"四强之一"那类"强"的意思，那我就要控告你两大罪状：一，你侮辱了我们老百姓的人格。二，你出卖了你的祖国。

难道你就忘记了，卢沟桥的烽火一起，我们挺身应战，是为了我们有十二万分胜算的把握吗？老实告诉你，除了存心利用抗战来趁火打劫的败类之外，我们老百姓果真是怕败的话，就早已都投汪精卫去了。我相信在自由中国，每一个良善的中国人，当初既是抱了拼命的决心，胜也要打，败也要打，今天还是抱定这决心，胜也要打，败也要打，何况国际的客观环境已经好转，谁又是那样的傻子，情愿让它"功亏一篑"呢？所以你如果多多给我们报道些自身的缺点，那只会增加我们的戒惧心，刺激我们的努力。你以为我们真是那样"闻败则馁"的草包吗？你若那样想，便把我们看同汪精卫之流了，你晓得那是侮辱别人的人格吗？

闻败则馁的必也闻胜则骄，你既把我们当作闻败则馁的人，那你泄露了（杜撰罢？）许多乐观的消息，难道又不怕我们骄起来吗？明知骄是抗战的鸩毒，而偏要用"愈战愈强"来灌溉我们的骄，那你又是何居心？依据你自己的逻辑，你这就是汉奸行为，因此你是出卖了你的祖国，你又晓得吗？

我们倒不怕承认自身的"弱"，愈知道自身弱在哪里，愈好在各人自己的岗位上来尽力加强它。你说我们"愈强"，我倒要请你拿出事实来，好叫我们更放心点。谁不愿意自己强呢！但信口开河是不负责任，存心欺骗更是无耻。六个字的标题，看来事小，它的意义却很重大。

用这字面的，本不只你一人，但是，先生，恕我这回捋住你了！你气得我一顿饭没吃好啊！然而如果在原则上你是受了谁的指示，那个指示你的人不也该是有名有姓的吗？如果他高兴，就请他出来说明也好。抗战是大家的抗战，国家是大家的国家，谁有权利来禁止我发问！

人民的世纪[1]
——今天只有"人民至上"才是正确的口号

廿六年的光阴似乎白费了。今年我们这样热烈地迎接"五四",证明我们还需要它,不,我们今天需要的,是一个比当年更坚强、更结实的"五四",因为,很简单,今天的局面更严重了。

在说明这一点前,有一个观念得先弄弄明白,那便是多年来人们听惯了那个响亮的口号"国家至上",国家究竟是什么?今天不又有人说是"人民的世纪"吗?假如国家不能替人民谋一点利益,便失去了它的意义,老实说,国家有时候是特权阶级用以巩固并扩大他们的特权的机构。假如根本没有人民,就用不着土地,也就用不着主权。只有土地和主权都属于人民时,才讲得上国家,今天只有"人民至上",才是正确的口号。

知道国家并不等于人民,知道国家与人民的对立,才好进而比较今天和二十六年前的中国。

[1] 原载昆明《大路周刊》创刊号。

二十六年前的中国，国家蒙受绝大的耻辱，人民的地位却暂时提高了。第一次世界大战中袁世凯和日本帝国主义签订的二十一条件，是国家主权的重大损失，中国一心想趁巴黎和会的机缘把它收回，而终归失败，这对国家是直接的损失，对人民，老实说，并没有多大影响，而因了欧洲发生战事，帝国资本主义暂时退出，中国民族工业却侥幸地得着一个繁荣机会，这对于人民的经济生活，倒是有一点实惠。今天情形和二十六年前，恰好是个反比例，国家在四强之一的交椅上，总算出了从来没有出过的风头，人民则过着比战前水准更低的生活。英美不但将治外法权自动取消，而且看样子美国还要非替中国收复失地不可，八年抗战，中国国家的收获不能算少，然而于人民何所有？老百姓的负担加重了，农民的生活尤其惨，国家所损失的已经取偿于人民，万一一块块的土地和人民赖以生存的物资连同人民一块儿丢给敌人，于国家似乎也无关痛痒，今天我才明白，所谓中国愈战愈强，大概强的是国家而不包括人民。

二十六年前，我们的国家还不大明白主权之所属，所以还不惜拿一大堆关系自己命脉的主权去为一个人换一顶过时的、褪色而戴起了并不舒服的皇冕，结果那人皇冕没有戴上，国家的主权已经失了，若不是人民起来一把拦住，还差点在卖身契上亲自打下手印,当时人民之所以这样做,当然以为主权还有着自己很大的份儿,所以实际上,那回是人民帮了国家一个大忙,虽则国家和人民都不知道。

经过二十六年的学习与锻炼,国家聪明了,它知道主权之可贵,所以对既失的主权,想尽方法向帝国主义索回,一方面对于未失去的主权,尽量从人民手里集中到自己手里来,有时它还会使点权衡(编者注:疑为术字),牺牲点尚未集中的主权给邻居,这是因为除非是集中了主权不能算是它自己的主权,它当然也知道向人民不断地保证:凡是主权都是人民的,叫人民献出一切,缩紧腰带,拼了老命,捍卫了国家,自己却一无所得,连原有难足维持的生活的那点,都要丢光,这样,目前的国家和人民便对立起来了。

然而二十六年的光阴对人民也不能说是完全白费。至少,人民学了不少的乖,"上一回当,学一回乖",人民永远是上当的,所以人民永远是进步的。

进一步的认识便是进一步的力量,所以今天我们期待着的"五四"是一个比二十六年前更坚强更结实的"五四",我们要争取民主的国家,因为这是一个人民的世纪呀!

文艺与爱国[①]
——纪念三月十八

铁狮子胡同大流血之后《诗刊》就诞生了,本是碰巧的事,但是谁能说《诗刊》与流血——文艺与爱国运动之间没有密切的关系?

"爱国精神在文学里,"我让德林克瓦特讲,"可以说是与四季之无穷感兴,与美的逝灭,与死的逼近,与对妇人的爱,是一种同等重要的题目。"爱国精神之表现于中外文学里已经是层出不穷,数不胜数了。爱国运动能够和文学复兴互为因果,我只举最近的一个榜样——爱尔兰,便是明确的证据。

我们的爱国运动和新文学运动何尝不是同时发轫的?它们原来是一种精神的两种表现。在表现上两种运动一向是分道扬镳的。我们也可以说正因为它们没有携手,所以爱国运动的收效既不大,新文学运动的成绩也就有限了。

爱尔兰的前例和我们自己的事实已经告诉我们了:这两种运动合起来便能够互收效益,分开来定要两败俱伤。所以《诗

[①] 原载1926年4月1日《晨报》副刊《诗镌》第1号。

刊》的诞生刚刚在铁狮子胡同大流血之后，本是碰巧的：我却希望大家要当它不是碰巧的。我希望爱自由，爱正义，爱理想的热血要流在天安门，流在铁狮子胡同，但是也要流在笔尖，流在纸上。

同是一个热烈的情怀，犀利的感觉，见了一片红叶掉下地来，便要百感交集，"泪浪滔滔"，见了十三龄童的赤血在地下踩成泥浆子，反而漠然无动于衷。这是不是不近人情？我并不要诗人替人道主义同一切的什么主义捧场。因为讲到主义便是成见了。理性铸成的成见是艺术的致命伤；诗人应该能超脱这一点。诗人应该是一张留声机的片子，钢针一碰着他就响。他自己不能决定什么时候响，什么时候不响。他完全是被动的。他是不能自主，不能自救的。诗人做到了这个地步，便包罗万有，与宇宙契合了。换句话说，就是所谓伟大的同情心——艺术的真源。

并且同情心发达到极点，刺激来得强，反动也来得强，也许有时仅仅一点文字上的表现还不够，那便非现身说法不可了。所以陆游一个七十衰翁要"泪洒龙床请北征"，拜伦要战死在疆场上了。所以拜伦最完美，最伟大的一首诗，也便是这一死。所以我们觉得诸志士们三月十八日的死难不仅是爱国，而且是伟大的诗。我们若得着死难者的热情的一部分，便可以在文艺上大成功；若得着死难者的热情的全部，便可以追他们的踪迹，杀身成仁了。

因此我们就将《诗刊》开幕的一日最虔诚地献给这次死难的志士们了！

字与画①

　　原始的象形文字，有时称为绘画文字，有时又称为文字画，这样含混的名词，对于字与画的关系，很容易引起误会，是应当辨明一下的。

　　一切文字，在最初都是象形的，换言之，都是绘画式的。反之，任何绘画都代表着一件事物，因此也便具有文字的作用。但是，绘画与文字仍然是两件东西，它们的外表虽相似，它们的基本性质却完全两样。一幅图画在作者的本意上，决不会变成一篇文字，除非它已失去原来的目标，而仅在说明某种概念。绘画的本来目的是传达印象，而文字的本来目的则是说明概念。要知道二者的区别，最好是看它们每方面所省略的地方。实际上便是最写实的绘画，对于所模拟的实物，也不能无所省略，文字更不用说了。往往为了经济和有效的双重目的起见，绘画所省略处正是文字所要保留的，反之，文字所省略处也正是绘画所要保留的。以现代澳洲为例，什么是纯粹的绘画，什么是文字性质的绘画，不但土人看来，一望而知，就在

---

① 手稿现藏南京博物院。

我们看来，也不容易混淆。在他们的绘画中，我们可以看到每一笔都证明作者的用意是在求对原物的真实和生动，但在他的文字性质的东西里，情形便完全不同。那些线与点只是代表事物概念的符号，而非事物本身的摹绘。

大体说来，绘画式的文字总比纯粹绘画简单些。但照上面所说的看来，绘画式的文字，却不是简化了的绘画。由此我们又可以推想，我们现在所见到刻在甲骨上的殷代象形文字，其繁简的程度，大概和更古时期的象形文字差不多。我们不能期望将来还有一批更富绘画意味的甲骨文字被发现。文字打头就只是文字——只是近似绘画的文字，而不是真正的绘画。

但是就中国的情形论，文字最初虽非十足的绘画，后来的发展却和绘画愈走愈近。这种发展的过程包括两个阶段，和绘画本身的发展过程完全相合。两个阶段（一）是装饰的，（二）是表现的。

离甲骨略后而几乎同时的铜器上的文字，往往比甲骨文字来得繁缛而更富于绘画意味，这些我从前以为在性质上代表着我国文字较早的阶段，现在才知道那意见是错的。镌在铜器上的铭辞和刻在甲骨上的卜辞，根本是两种性质的东西。卜辞的文字是纯乎实用性质的纪录，铭辞的文字则兼有装饰意味的审美功能。装饰自然会趋于繁缛的结构与更浓厚的绘画意味。沿着这个路线发展下来的一个极端的例，便是流行于战国时的一种鸟虫书，那几乎完全是图案，而不是文字了。字体由篆隶变到行楷，字体本身的图案意味逐渐减少，可是它在艺术方面发展的途径不但并未断绝，而且和绘画拉拢得更紧，共同走到一个更高超的境界了。

以前在装饰的阶段中，字只算得半装饰的艺术，如今在表现的阶段中，它却成为一种纯表现的艺术了。以前作为装饰艺术的字，是以字来模仿画，那时画是字的理想。现在作为表现艺术的字，字却成了画的理想，画反要来模仿字。从艺术方面的发展看，字起初可说是够不上画，结果它却超过了画，而使画够不上它了。

字在艺术方面，究竟是仗了什么，而能有这样一段惊人的发展呢？理由很简单。字自始就不是如同绘画那样一种拘形相的东西，所以能不受拘牵地发展到那种超然的境界。从装饰的立场看，字尽可以不如画，但从表现的立场看，字的地位一上手就比画高，所以字在前半段装饰的竞赛中吃亏的地方，正是它在后半段表现的竞赛中占便宜的地方。这一点也可以证明文字的本质与绘画不同，所同的只是表面的形式而已。

评论书画者常说起"书画同源"，实际上二者恐怕是异源同流。字与画只是近亲而已。因为相近，所以两方面都喜欢互相拉拢，起初是字拉拢画，后来是画拉拢字。字拉拢画，使字走上艺术的路，而发展成我们这独特的艺术——书法。画拉拢字，使画脱离了画的常轨，而产生了我们这有独特作风的文人画。

红烛赞歌

第二章 Chapter 2
诗歌

红烛赞歌

红　烛

蜡炬成灰泪始干

——李商隐

红烛啊!
这样红的烛!
诗人啊!
吐出你的心来比比,
可是一般颜色?

红烛啊!
是谁制的蜡——给你躯体?
是谁点的火——点着灵魂?
为何更须烧蜡成灰,
然后才放光出?
一误再误;
矛盾!冲突!

红烛啊!
不误,不误!
原是要"烧"出你的光来——
这正是自然的方法。
红烛啊!
既制了,便烧着!
烧吧!烧吧!
烧破世人的梦,
烧沸世人的血——
也救出他们的灵魂,
也捣破他们的监狱!

红烛啊!
你心火发光之期,
正是泪流开始之日。

红烛啊!
匠人造了你,
原是为烧的。
既已烧着,

红烛赞歌

又何苦伤心流泪?
哦!我知道了!
是残风来侵你的光芒,
你烧得不稳时,
才着急得流泪!

红烛啊!
流吧!你怎能不流呢?
请将你的脂膏,
不息地流向人间,
培出慰藉的花儿,
结成快乐的果子!

红烛啊!
你流一滴泪,灰一分心。
灰心流泪你的果,
创造光明你的因。

红烛啊!
"莫问收获,但问耕耘。"

青 春

柳暗花明又一村

——陆游

青春像只唱着歌的鸟儿,
已从残冬窟里闯出来,
驶入宝蓝的穹隆里去了。
神秘的生命,
在绿嫩的树皮里膨胀着,
快要送出带着鞘子的
翡翠的芽儿来了。

诗人呵!揩干你的冰泪,
快预备着你的歌儿,
也赞美你的苏生吧!

春之首章

浴人灵魂的雨过了：
薄泥到处啮人的鞋底。
凉飔挟着湿润的土气
在鼻蕊间正冲突着。

金鱼儿今天许不大怕冷了？
个个都敢于浮上来呢！
东风苦劝执拗的蒲根，
将才睡醒的芽儿放了出来。
春雨过了，芽儿刚抽到寸长，
又被池水偷着吞去了。
亭子角上几根瘦硬的
还没有赶上春的榆枝，
印在鱼鳞似的天上；
像一页淡蓝的朵云笺，
上面涂了些僧怀素的
铁画银钩的草书。

丁香枝上豆大的蓓蕾，
包满了包不住的生意，
呆呆地望着寥阔的天宇，
盘算它明日的荣华——
仿佛一个出神的诗人
在空中编织未成的诗句。

春啊！明显的秘密哟！
神圣的魔术哟！

啊！我忘了我自己，春啊！
我要提起我全身的力气，
在你那绝妙的文章上
加进这丑笨的一句哟！

春之末章

被风惹恼了的粉蝶，
试了好几处的枝头，
总抱不大稳，率性就舍开，
忽地不知飞向哪里去了。
啊！大哲的梦身啊！
了无粘滞的达观者哟！

太轻狂了哦！杨花！
依然吩咐雨丝粘住吧。
娇绿的坦张的荷钱啊！
不息地仰面朝上帝望着，
一心地默祷并且赞着他——
只要这样，总是这样，
开花结实的日子便快了。

一气的酣绿里忽露出
一角汉纹式的小红桥，
真红得快叫出来了！

小孩儿们也太好玩了啊!
整日里蓝的白的衫子
骑满竹青石栏上垂钓。
他们的笑声有时竟脆得像
坍碎了一座琉璃宝塔一般。
小孩们总是这样好玩呢!

绿纱窗里筛出的琴声,
又是画家脑子里经营着的
一帧美人春睡图:
细熨的柔情,娇羞的倦致,
这般如此,忽即忽离,
啊!迷魂的律吕啊!
音乐家啊!垂钓的小孩啊!
我读完这春之宝笺的末章,
就交给你们永远管领着吧!

火　柴

这里都是君王的
樱桃艳嘴的小歌童：
有的唱出一颗灿烂的明星，
唱不出的，都拆成两片枯骨。

太阳吟

太阳啊，刺得我心痛的太阳！
又逼走了游子的一出还乡梦，
又加他十二个时辰的九曲回肠！

太阳啊，火一样烧着的太阳！
烘干了小草尖头的露水，
可烘得干游子的冷泪盈眶？

太阳啊，六龙骖驾的太阳！
省得我受这一天天的缓刑，
就把五年当一天跑完那又何妨？

太阳啊——神速的金乌——太阳！
让我骑着你每日绕行地球一周，
也便能天天望见一次家乡！
太阳啊，楼角新升的太阳！
不是刚从我们东方来的吗？
我的家乡此刻可都依然无恙？

红烛赞歌

太阳啊,我家乡来的太阳!
北京城里的宫柳裹上一身秋了吧?
唉!我也憔悴得同深秋一样!

太阳啊,奔波不息的太阳!
你也好像无家可归似的呢。
啊!你我的身世一样地不堪设想!

太阳啊,自强不息的太阳!
大宇宙许就是你的家乡吧。
可能指示我我的家乡的方向?

太阳啊,这不像我的山川,太阳!
这里的风云另带一般颜色,
这里鸟儿唱的调子格外凄凉。

太阳啊,生命之火的太阳!
但是谁不知你是球东半的情热,
同时又是球西半的智光?

太阳啊，也是我家乡的太阳！
此刻我回不了我往日的家乡，
便认你为家乡也还得失相偿。

太阳啊，慈光普照的太阳！
往后我看见你时，就当回家一次；
我的家乡不在地下乃在天上！

忆 菊
——重阳前一日作

插在长颈的虾青瓷的瓶里,
六方的水晶瓶里的菊花,
攒在紫藤仙姑篮里的菊花;
守着酒壶的菊花,
陪着鳌盏的菊花;
未放,将放,半放,盛放的菊花。

镶着金边的绛色的鸡爪菊;
粉红色的碎瓣的绣球菊!
懒慵慵的江西腊哟;
倒挂着一饼蜂窠似的黄心,
仿佛是朵紫的向日葵呢。
长瓣抱心,密瓣平顶的菊花;
柔艳的尖瓣攒蕊的白菊
如同美人的拳着的手爪,
拳心里攫着一撮儿金粟。
檐前,阶下,篱畔,圃心的菊花:

霭霭的淡烟笼着的菊花,
丝丝的疏雨洗着的菊花,——
金的黄,玉的白,春酿的绿,秋山的紫,……

剪秋萝似的小红菊花儿;
从鹅绒到古铜色的黄菊;
带紫茎的微绿色的"真菊"
是些小小的玉管儿缀成的,
为的是好让小花神儿
夜里偷去当了笙儿吹着。

大似牡丹的菊王到底奢豪些,
他的枣红色的瓣儿,铠甲似的,
张张都装上银白的里子了;
星星似的小菊花蕾儿
还拥着褐色的萼被睡着觉呢。

啊!自然美的总收成啊!
我们祖国之秋的杰作啊!
啊!东方的花,骚人逸士的花呀!
那东方的诗魂陶元亮
不是你的灵魂的化身吧?

> 红烛
> 赞歌

那祖国的登高饮酒的重九
不又是你诞生的吉辰吗?

你不像这里的热欲的蔷薇,
那微贱的紫罗兰更比不上你。
你是有历史,有风俗的花。
啊!四千年的华胄的名花呀!
你有高超的历史,你有逸雅的风俗!

啊!诗人的花呀!我想起你,
我的心也开成顷刻之花
灿烂得如同你的一样;
我想起你同我的家乡,
我们的庄严灿烂的祖国,
我的希望之花又开得同你一样。

习习的秋风啊!吹着,吹着!
我要赞美我祖国的花!
我要赞美我如花的祖国!
请将我的字吹成一簇鲜花,
金的黄,玉的白,春酿的绿,秋山的紫,……

然后又统统吹散,吹得落英缤纷,
弥漫了高天,铺遍了大地!

秋风啊!习习的秋风啊!
我要赞美我祖国的花!
我要赞美我如花的祖国!

红烛赞歌

秋深了

秋深了，人病了。
人敌不住秋了；
整日拥着件大氅，
像只煨灶的猫，
蜷在摇椅上摇……摇……摇……
想着祖国，
想着家庭，
想着母校，
想着故人，
想着不胜想，不堪想的胜境良朝。

春的荣华逝了，
夏的荣华逝了；
秋在对面嵌白框窗子的
金字塔似的木板房子檐下，
抱着香黄色的破头帕，
追想春夏已逝的荣华；
想得伤心时，

飒飒地洒下几点黄金泪。

啊！秋是追想的时期！

秋是堕泪的时期！

稚　松

他在夕阳的红纱灯笼下站着,
他扭着颈子望着你,
他散开了藏着金色圆眼的,
海绿色的花翎——一层层的花翎。
他像是金谷园里的
一只开屏的孔雀吧?

祈 祷

请告诉我谁是中国人,
启示我,如何把记忆抱紧;
请告诉我这民族的伟大,
轻轻地告诉我,不要喧哗!

请告诉我谁是中国人,
谁的心里有尧舜的心,
谁的血是荆轲聂政的血,
谁是神农黄帝的遗孽。

告诉我那智慧来得离奇,
说是河马献来的馈礼;
还告诉我这歌声的节奏,
原是九苞凤凰的传授。

谁告诉我戈壁的沉默,
和五岳的庄严?又告诉我

泰山的石霤还滴着忍耐,
大江黄河又流着和谐?

再告诉我,哪一滴清泪
是孔子吊唁死麟的伤悲?
那狂笑也得告诉我才好,——
庄周淳于髡东方朔的笑。

请告诉我谁是中国人,
启示我,如何把记忆抱紧;
请告诉我这民族的伟大,
轻轻地告诉我,不要喧哗!

一句话

有一句话说出就是祸，
有一句话能点得着火。
别看五千年没有说破，
你猜得透火山的缄默？
说不定是突然着了魔，
突然青天里一个霹雳
爆一声：
"咱们的中国！"

这话叫我今天怎么说？
你不信铁树开花也可，
那么有一句话你听着：
等火山忍不住了缄默，
不要发抖，伸舌头，顿脚，
等到青天里一个霹雳
爆一声：
"咱们的中国！"

红烛赞歌

闻一多先生的书桌

忽然一切的静物都讲话了,
忽然间书桌上怨声腾沸:
墨盒呻吟道"我渴得要死!"
字典喊雨水渍湿了他的背;

信笺忙叫道弯痛了他的腰;
钢笔说烟灰闭塞了他的嘴,
毛笔讲火柴烧秃了他的须,
铅笔抱怨牙刷压了他的腿,
香炉咕喽着"这些野蛮的书
早晚定规要把你挤倒了!"
大钢表叹息快睡锈了骨头;
"风来了!风来了!"稿纸都叫了;

笔洗说他分明是盛水的,
怎么吃得惯臭辣的雪茄灰;
桌子怨一年洗不上两回澡,
墨水壶说"我两天给你洗一回。"

"什么主人?谁是我们的主人?"
一切的静物都同声骂道,
"生活若果是这般的狼狈,
倒还不如没有生活的好!"

主人咬着烟斗眯眯地笑,
"一切的众生应该各安其位。
我何曾有意地糟蹋你们,
秩序不在我的能力之内。"

七子之歌

邶有七子之母不安其室。七子自怨自艾,冀以回其母心。诗人作《凯风》以愍之。吾国自《尼布楚条约》迄旅大之租让,先后丧失之土地,失养于祖国,受虐于异类,臆其悲哀之情,盖有甚于《凯风》之七子,因择其中与中华关系最亲切者七地,为作歌各一章,以抒其孤苦亡告,眷怀祖国之哀忱,亦以励国人之奋斗云尔。国疆崩丧,积日既久,国人视之漠然。不见夫法兰西之 ALSACE—LORRAINE 耶?"精诚所至,金石能开。"诚如斯,中华"七子"之归来其在旦夕乎!

七子之歌·澳门

你可知妈港不是我的真名姓?
我离开你的襁褓太久了,母亲!
但是他们掳去的是我的肉体,
你依然保管我内心的灵魂。
那三百年来梦寐不忘的生母啊!
请叫儿的乳名,
叫我一声"澳门"!
母亲!我要回来,母亲!

七子之歌 · 香港

我好比凤阙阶前守夜的黄豹,
母亲呀,我身份虽微,地位险要。
如今狞恶的海狮扑在我身上,
啖着我的骨肉,咽着我的脂膏;
母亲呀,我哭泣号啕,呼你不应。
母亲呀,快让我躲入你的怀抱!
母亲!我要回来,母亲!

七子之歌 · 台湾

我们是东海捧出的珍珠一串,
琉球是我的群弟,我就是台湾。
我胸中还氤氲着郑氏的英魂,
精忠的赤血点染了我的家传。
母亲,酷炎的夏日要晒死我了,
赐我个号令,我还能背水一战。
母亲!我要回来,母亲!

七子之歌 · 威海卫

再让我看守着中华最古老的海,
这边岸上原有圣人的丘陵在。
母亲,莫忘了我是防海的健将,
我有一座刘公岛作我的盾牌。
快救我回来呀,时期已经到了。
我背后葬的尽是圣人的遗骸!
母亲!我要回来,母亲!

七子之歌 · 广州湾

东海和硇州是我的一双管钥,
我是神州后门上的一把铁锁。
你为什么把我借给一个盗贼?
母亲呀,你千万不该抛弃了我!
母亲,让我快回到你的膝前来,
我要紧紧地拥抱着你的脚踝。
母亲!我要回来,母亲!

七子之歌·九龙岛

我的胞兄香港在诉他的苦痛，
母亲呀，可记得你的幼女九龙？
自从我下嫁给那镇海的魔王，
我何曾有一天不在泪涛汹涌！
母亲，我天天数着归宁的吉日，
我只怕希望要变作一场空梦。
母亲！我要回来，母亲！

七子之歌·旅顺·大连

我们是旅顺，大连，孪生的兄弟。
我们的命运应该如何地比拟？——
两个强邻将我来回地蹴蹋，
我们是暴徒脚下的两团烂泥。
母亲，归期到了，快领我们回来。
你不知道儿们如何地想念你！
母亲！我们要回来，母亲！